Rejoins toi aussi la communauté des fans de Greg sur
www.journaldundegonfle.fr

JOURNAL d'un dégonflé

LE GRAND BAIN

DE JEFF KINNEY

TRADUIT DE L'ANGLAIS (ÉTATS-UNIS)
PAR NATALIE ZIMMERMANN

SEUIL

Couverture: Marcie Lawrence et Jeff Kinney

Conception graphique: Jeff Kinney

Première publication en anglais en 2020 par Amulet Books,
une marque de Harry N. ABRAMS, Incorporated, New York.
Titre original: *Diary of a Wimpy Kid: The Deep End*
(Tous droits réservés pour tous pays par Harry N. Abrams, Inc.)

Pour l'édition française, publiée avec l'autorisation de Harry N. Abrams, Inc.
© Éditions du Seuil, 2020. ISBN: 979-10-235-1235-9

Mise en pages: Philippe Duhem

Dépôt légal: novembre 2020

Achevé d'imprimer en France par Normandie-Roto Impression. N°141265 (2003140)

Loi n°49-956 du 16 juillet 1949 sur les publications destinées à la jeunesse.

POUR SAM

AOÛT

<u>Jeudi</u>

J'adore ma famille et tout ça, mais je ne tiens pas à passer vingt-quatre heures sur vingt-quatre, sept jours sur sept, avec elle. Pourtant, c'est EXACTEMENT ce qui se passe ici depuis quelque temps.

Et je ne suis pas le SEUL à en avoir marre. Ça commence à porter sur les nerfs de tout le monde et si les choses ne changent pas très vite, on va tous finir par péter les plombs.

Maman dit qu'on est enfermés depuis trop longtemps et qu'on a juste besoin de vacances. Mais ce qu'il nous faudrait vraiment, c'est un congé les uns des AUTRES.

Ce qui ne risque pas d'arriver avant longtemps parce qu'on est complètement FAUCHÉS. La raison pour laquelle on en est là est une longue histoire.

Ça fait deux mois qu'on vit dans le sous-sol de grand-mère et je ne sais pas combien de temps on va pouvoir tenir. Maman n'arrête pas de répéter qu'un jour, on repensera à cette période de notre vie en souriant, mais ce n'est pas elle qui doit partager un futon avec RODRICK toutes les nuits.

Le plus dingue, c'est qu'il y a plein de chambres dans la maison de grand-mère, et je ne comprends pas pourquoi on doit tous s'entasser au sous-sol. À notre arrivée, j'ai mis une option sur la chambre d'amis, mais grand-mère a prétendu qu'elle était déjà occupée.

Je ne crois pas que grand-mère soit ravie de nous avoir chez elle, parce que à chaque fois que ses amis viennent la voir, elle nous demande de rester hors de vue.

Ce n'est vraiment pas très pratique car il n'y a pas de toilettes à la cave, et ses amis restent toujours des HEURES.

On ne peut pas non plus utiliser la cuisine quand grand-mère a des invités, ce qui signifie qu'on doit attendre qu'ils soient partis pour pouvoir dîner. Hier soir, Rodrick en a eu assez d'attendre et il a fait réchauffer un reste de pizza dans le sèche-linge.

Il n'y a pas non plus de télé dans le sous-sol de grand-mère. Tout ce qu'on a pour se divertir, c'est nous-mêmes. Et croyez-moi, ce n'est pas suffisant.

Ma mère prétend que s'ennuyer nous oblige à nous servir de notre imagination. Mais à chaque fois que j'essaye, je finis par avoir la même vision.

Ce qui aggrave encore la situation, c'est que, cet été, mon père bosse en télétravail, ce qui signifie qu'il est toujours là. Et à chaque fois qu'il a une visioconférence, on doit se faire discrets.

Mais ce n'est pas toujours évident, surtout avec un petit de trois ans dans la famille.

La plupart du temps, je cherche juste à m'occuper. Grand-mère a des puzzles dans sa cave, et j'en ai déjà fait plusieurs. Mais maman laisse toujours Manu poser la dernière pièce pour qu'il se sente important.

Si vous voulez mon avis, je ne crois pas que maman lui rende service en le traitant comme un BÉBÉ. Et c'est devenu bien pire depuis qu'on habite chez grand-mère.

Parfois, après dîner, on joue tous ensemble à un jeu de société. Mais comme Manu n'arrive pas à gérer les règles trop compliquées, on finit toujours par se rabattre sur un jeu qui ne demande aucune COMPÉTENCE.

Le soir, on doit se coucher avant même qu'il fasse nuit parce qu'on doit respecter les horaires de MANU.

En ce moment, le livre que mon petit frère préfère avant de dormir est un album sur l'Arche de Noé. Ça parle de ce type qui a entendu dire qu'il allait pleuvoir pendant un bout de temps, et qui construit un bateau gigantesque pour fuir la tempête avec des animaux.

Les illustrations du bouquin de Manu sont toutes très mignonnes et donnent l'impression que le déluge qui a emporté la moitié de la Terre était plutôt marrant.

J'imagine que si les dessins étaient plus réalistes, aucun parent ne l'achèterait pour des petits de maternelle.

Je me pose quand même quelques questions à propos de cette histoire. Tout d'abord, je voudrais savoir pourquoi Noé a fait monter à bord des créatures venimeuses genre serpents et scorpions. À sa place, j'aurais saisi l'occasion pour en ABANDONNER quelques-unes.

Et j'aurais profité de l'espace supplémentaire pour emmener plus de BONS animaux. Comme des chiots, des hérissons ou des hippopotames nains.

Heureusement, Noé n'a pas eu besoin d'embarquer les poissons et les baleines, parce que ça aurait pris PLEIN de place. Et ces bestioles ne se sont sans doute même pas aperçues qu'il y avait un déluge.

En revanche, je ne comprends vraiment pas pourquoi Noé a pris des OISEAUX, vu qu'ils auraient pu VOLER. Et je parie qu'il n'a pas tardé à regretter sa décision.

On n'entend parler que des bêtes qui ont SURVÉCU
au déluge. Moi, je me demande parfois s'il n'y a pas eu
quelques animaux cool qui n'ont pas pu monter à bord.

D'après l'histoire, il a plu pendant quarante jours et
quarante nuits. Et ensuite, il a fallu attendre 150
jours pour que l'eau se retire. Ça veut dire que Noé est
resté pendant tout ce temps coincé sur son bateau avec
un tas de bestioles plus sa femme et ses trois fils.

Alors à chaque fois que je me désole de vivre dans la
cave de ma grand-mère avec toute ma famille, je pense
à Noé, et ça me redonne un peu le moral.

Maman répète tout le temps qu'elle est heureuse qu'on soit tous ensemble en ce moment, parce qu'elle a le sentiment que le temps a ralenti. J'ai remarqué ça aussi, mais pour moi, ce n'est pas une bonne chose.

Et ce qui rend cet été encore plus interminable, c'est que je ne peux pas aller chez mon pote Robert. Il est parti passer des super vacances en Europe avec ses parents.

Quand Robert m'a parlé du projet de ses parents, j'ai tâté le terrain pour voir si je pouvais me greffer dessus. Mais M. et Mme Jefferson ne sont peut-être pas aussi futés que je pensais, parce qu'ils n'ont jamais saisi mes allusions.

Robert est donc sûrement en train de s'amuser comme un fou pendant que je fais des puzzles de cinq cents pièces dans la cave de ma grand-mère.

Maman doit culpabiliser du fait qu'on ne puisse rien se payer cet été, alors elle essaye de compenser.

Elle prétend qu'on peut aller où on veut en se servant de notre imagination. Mais pour être franc, pour moi, ça ne le fait plus vraiment.

Je crois bien que maman a fini par en avoir assez, elle aussi, parce que hier soir, après le dîner, elle a convoqué une « réunion familiale » pour qu'on cherche ensemble des idées de vacances abordables. Le problème, c'est que chacun a SA petite idée de ce que serait un moment sympa.

Papa voudrait faire un tour des champs de bataille de la guerre de Sécession et participer à une reconstitution. Mais personne d'autre n'est assez dingue pour vouloir enfiler une combinaison de laine en plein mois d'août.

Manu voudrait aller à la Réserve du Lac d'argent, où on m'emmenait souvent quand j'étais petit. Mais les animaux ont l'air si TRISTES, là-bas, surtout l'âne qu'on a peint pour qu'il ressemble à un zèbre.

Maman a proposé qu'on fasse des économies en restant près de chez nous pour visiter des installations locales. Mais j'ai participé à tellement de sorties scolaires que j'ai l'impression de déjà connaître la ville par cœur.

Rodrick et moi avons été les seuls à tomber d'accord sur une activité. On a voté tous les deux pour le parc d'attractions Frissons et Adrénaline, qui ne serait PAS CHER car grand-mère a reçu des bons de tarif réduit dans sa boîte aux lettres.

En plus, ils viennent d'y ouvrir un nouveau parcours qu'ils
ont appelé le Saut de la Mort et qui est censé être
DÉMENT.

Maman a protesté que les montagnes russes de Frissons
et Adrénaline étaient trop violentes pour Manu, et elle
a proposé d'aller au Village du Conte, qui propose des
attractions pour tous âges. Mais Rodrick et moi, on
a déjà eu notre dose de Promenade en Comptines pour
toute une vie.

Comme on n'arrivait pas à se mettre d'accord, j'ai suggéré qu'on parte CHACUN de son côté et qu'on organise une projection des photos de tous les voyages à notre retour.

Maman a répliqué que le but des vacances en famille, c'était de faire les choses ENSEMBLE. Elle a dit qu'un jour, on allait grandir et prendre notre envol, et qu'il ne nous restait plus beaucoup de temps pour nous construire des souvenirs heureux en FAMILLE.

Mais croyez-moi, pour que cette famille se construise des souvenirs heureux, il faudrait un MIRACLE.

<u>Lundi</u>

On a fini par trouver un moyen pas cher de partir tous ensemble en vacances cet été.

Samedi soir, Mamie, mon arrière-grand-mère, a appelé papa pour lui demander s'il pouvait la débarrasser du camping-car d'oncle Gary, garé depuis deux ans dans son allée.

Apparemment, oncle Gary s'est tiré pour devenir clown de rodéo et Mamie ne pense pas le revoir de sitôt.

D'abord, papa était FURIEUX parce que c'est toujours à lui de faire le ménage derrière oncle Gary. Mais maman a dit que ce camping-car était la solution à nos problèmes de vacances.

D'après elle, les vacances coûtent beaucoup d'argent à cause de l'hôtel et des restaurants. Elle nous a expliqué que le camping-car supprimerait ces DEUX postes.

PAPA a commencé à s'exciter. Il a dit qu'on pourrait partir à l'aventure et s'arrêter pour dormir dès qu'on en aurait ENVIE, et aussi qu'on pourrait se faire la cuisine.

Tout ce que je sais, c'est que mes frères et moi, on était tellement contents à l'idée de sortir du sous-sol de grand-mère qu'on aurait sans doute accepté N'IMPORTE QUOI.

Maman a assuré qu'on pourrait vivre tout un tas de péripéties et maintenant, l'idée de ce voyage commence à m'emballer aussi.

En fait, je me sens même un peu désolé pour ROBERT. Pendant qu'il sera coincé dans un musée ennuyeux à l'autre bout du monde, je vais connaître des expériences vraiment DINGUES.

Ça fait deux jours qu'on prépare nos bagages et je m'inquiète un peu. J'ai l'impression que Maman voudrait transformer notre virée en sortie scolaire.

Mais je peux vous assurer que la DERNIÈRE chose que je projette de faire, c'est apprendre quoi que ce soit.

<u>Mercredi</u>

Ce matin, nous nous sommes rendus au supermarché pour faire des provisions. Ensuite, on est allés dans un grand magasin de camping pour se procurer tout le RESTE.

J'étais pas mal excité parce qu'on n'avait encore jamais rien ACHETÉ dans cet endroit-là. Papa nous y emmenait, Rodrick et moi, quand on était petits, mais c'était juste pour nous occuper le samedi matin.

Cette fois, papa a fait le tour et sélectionné quelques produits de base, comme des lampes-tempête, des gourdes et des chaises pliables.

Moi, je suis allé direct au rayon matériel de luxe. Je me suis dit que tant qu'à faire du camping, je préférais que ce soit CONFORTABLE.

J'ai choisi un canapé gonflable rétractable, puis des chaussures de randonnée équipées de mini-ventilateurs insérés dans les talons, et un blender solaire capable de confectionner des smoothies à la cerise en trente secondes.

Mais papa a décrété que ces trucs-là n'étaient pas destinés à des campeurs SÉRIEUX, et j'ai dû tout remettre en rayon.

Il a expliqué qu'on allait, autant que possible, « vivre des ressources naturelles » et il a pris quelques cannes à pêche. Je ne sais pas pour les autres, mais moi, les seuls poissons que je mangerai se présenteront sous forme de BÂTONNETS.

Cette idée d'attraper de quoi se nourrir a beaucoup plu à Manu et à Rodrick, qui sont partis chercher leur PROPRE matériel.

Mais maman les a arrêtés avant qu'ils aillent trop loin.

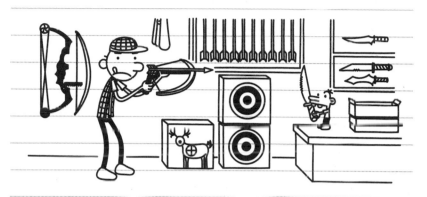

Rodrick était assez déçu : il projetait sûrement de rapporter un trophée de chasse de notre virée pour décorer la cuisine de notre maison quand les travaux seraient terminés.

Une fois son caddy rempli, papa a voulu passer en caisse. Mais maman avait peur qu'on n'ait pas pris ce qu'il fallait, et elle a demandé à un vendeur de vérifier qu'on n'oubliait rien.

Ce type devait être un spécialiste de la survie en milieu hostile, parce qu'il a eu BEAUCOUP à dire. Et tout ça ne m'a pas vraiment rassuré sur la pertinence de quinze jours de camping.

Le vendeur a affirmé que notre tout premier sujet d'inquiétude devrait être les OURS, vu qu'il y en a plein dans les endroits où on va aller. Mais il a précisé qu'il existait quand même des méthodes pour s'en protéger, au cas où.

D'abord, il fallait toujours garder les sacs-poubelle fermés et les accrocher dans un arbre pour qu'ils soient hors de portée des ours. Ensuite, si on voulait vraiment se mettre à l'abri, on pouvait acheter un pot d'urine de loup à asperger tous les soirs autour du campement afin de les effrayer.

J'ai essayé d'imaginer qui pouvait bien avoir comme métier de récupérer de l'urine de loup. Et je me suis promis d'avoir de meilleures notes en classe pour ne pas en arriver LÀ.

Le vendeur a ajouté qu'il fallait aussi se soucier des insectes, genre moustiques et tiques, et qu'on avait intérêt à mettre plein de répulsif.

J'ai souscrit à cent pour cent à cette idée, parce qu'à la cantine, Albert Sandy a raconté qu'un type qui dormait dehors avait été complètement vidé de son sang par un moustique. Et ça me paraît une très sale façon de partir.

Je commençais déjà à bien flipper quand le vendeur a énuméré ce dont nous aurions ENCORE besoin. Il nous fallait une trousse de premier secours, en cas de blessure, et des allumettes étanches si jamais notre matériel était mouillé.

Une boussole serait utile au cas où on se perdrait, un kit anti-venin si quelqu'un se faisait mordre par un serpent, et un pistolet lance-fusée éclairante si ça tournait VRAIMENT mal.

En sortant du magasin, j'étais un peu secoué. Et je dois reconnaître que le sous-sol de grand-mère ne me paraissait plus si HORRIBLE.

Notre voyage était plutôt mal parti. J'ai eu l'impression que le type du magasin de camping avait mis mon père sur les nerfs, parce qu'à peine les caisses franchies, on a filé comme des voleurs. On était déjà presque à la maison quand on s'est aperçus qu'on avait oublié Rodrick et on a dû faire DEMI-TOUR.

Ensuite, on est allés chez Mamie pour récupérer le camping-car d'oncle Gary. Papa devait croire qu'il suffirait de prendre le volant, mais l'intérieur était une vraie PORCHERIE.

Papa m'a raconté un jour que quand son frère avait eu sa première voiture, il gardait des ordures dedans pour que personne ne la lui VOLE. Eh bien oncle Gary a dû avoir la même idée pour son camping-car.

On a donc passé tout l'après-midi à le nettoyer, et
je n'aurais pas été plus surpris que ça de trouver oncle
Gary lui-même enfoui quelque part sous toutes ces
ordures.

Une fois tous les déchets sortis, on a pu enfin bien regarder le camping-car. J'ai compris comment oncle Gary avait pu passer deux ans là-dedans, car on y trouvait tout ce dont on peut avoir BESOIN.

Il y avait un réchaud, un évier, une table de cuisine et un petit frigo. Il y avait même une salle d'eau avec une douche et un espace pour dormir au-dessus de la cabine.

On a tout récuré, mais, à chaque fois qu'on croyait avoir terminé, on tombait sur un nouveau truc abandonné par oncle Gary.

Et sans vouloir me montrer grossier ni rien, j'espère sincèrement que mon oncle s'est acheté de nouveaux sous-vêtements depuis qu'il est parti.

Ensuite, Mamie nous a donné à tous des sandwiches à emporter, et on a décollé.

Au départ, papa était SUPER excité de conduire le camping-car. Comme maintenant, il pouvait travailler n'importe où, il a suggéré qu'on vive en nomades jusqu'à ce que la maison soit terminée, et même APRÈS.

Puis maman s'y est mise. Elle a ajouté qu'on pourrait sillonner le pays et tenir le journal de nos aventures pour devenir une de ces familles célèbres sur Internet.

Je commençais déjà à me faire à cette vie en camping-car.

Je trouvais surtout très cool de pouvoir utiliser les toilettes pendant qu'on roulait sur l'autoroute.

La seule chose que je n'aimais pas, dans le véhicule d'oncle Gary, c'était qu'il n'y avait pas de ceinture de sécurité dans l'espace de vie, ce qui posait problème dès que papa donnait un coup de frein.

Quand la circulation a ralenti, maman a laissé Manu s'asseoir à l'avant pour qu'il ait l'impression de « conduire ». Elle s'est rendu compte de son erreur quand il est devenu accro du klaxon.

C'était super de tailler la route et tout ça, mais, au bout d'un moment, c'est devenu un peu monotone. Alors Rodrick et moi, on s'est mis sur nos jeux électroniques pour passer le temps.

Au bout d'une heure, maman a décrété qu'on avait eu assez d'écrans pour la journée et qu'on devait décrocher des appareils électroniques.

Habituellement, quand maman nous dit qu'on a eu assez d'écrans, on fait une pause. Puis on reprend nos appareils dès qu'elle ne fait plus attention. Elle finit par en avoir marre de lutter contre nous et ne tarde pas à lâcher l'affaire, et c'est bien ce qu'on attendait aujourd'hui.

Hélas, on a découvert que maman ne plaisantait pas pendant ce voyage. Elle a récupéré nos jeux et les a mis dans une boîte en plastique transparent au couvercle équipé d'un minuteur.

PLONK

45

J'ai reconnu ce truc à la seconde où je l'ai vu parce que j'avais repéré la pub dans un de ses magazines d'éducation.

Maman a refermé la boîte et réglé la minuterie sur deux heures avant de retourner s'asseoir à l'avant. Ceux qui ont créé ce système savaient ce qu'ils faisaient : ni Rodrick ni moi n'avons pu trouver moyen de le fracasser.

Notre mère nous a donné des jeux qu'elle avait imaginés pour l'occasion en nous disant que ça nous occuperait un moment. Mais ce n'est pas très drôle de faire un bingo de la vie sauvage quand on n'arrive pas à identifier la moitié des animaux qu'on voit sur le bas-côté.

Après encore une heure ou deux de route, les parents se sont mis en quête d'un endroit où s'arrêter.

En repérant des pancartes « point de vue », papa a pris une sortie et cherché un lieu qui s'appelait Le Ravin de Culpepper.

Maman s'est emballée en disant qu'on était comme des explorateurs sur le point de découvrir quelque chose. Malheureusement, d'autres explorateurs nous avaient devancés.

On n'a pas pu trouver de place où se garer, alors on a continué. Et c'est exactement le même scénario qui s'est reproduit dans les trois parkings suivants.

Je sais que je devrais être heureux de vivre à une
époque où la médecine moderne, les montres connectées
et les bretzels au beurre de cacahuète existent. Mais
je regrette parfois de ne pas être né un peu PLUS
TÔT pour avoir une chance de découvrir quelque chose.

Parce que quand vous découvrez un endroit, on lui donne
votre NOM.

Mais aujourd'hui, tout ce qui valait la peine d'être
découvert l'a déjà été.

Et qui voudrait donner son nom à ce qui reste ?

Un jour, le planétarium de notre ville a organisé une collecte de fonds, et, pour 10 balles, on obtenait un certificat disant qu'on avait baptisé une planète d'une galaxie lointaine à votre nom. Maman a payé les dix balles et j'ai toujours le certificat accroché sur un mur de ma chambre.

La planète H1-B9932 de la galaxie Ursirus portera désormais le nom de PLANÈTE GREG

J'aurais vraiment préféré que maman mette mon nom COMPLET sur le formulaire parce que maintenant, n'importe quel Greg pourrait se pointer sur ma planète avant moi et dire qu'elle est à lui.

Papa a décrété que notre erreur était de nous rendre dans des endroits trop connus, et que ce serait en sortant des sentiers battus qu'on pourrait tomber sur un endroit PARTICULIER.

On a donc fait un détour et on a cherché un endroit qui vaille la peine de s'arrêter.

Et effectivement, après encore quelques virages supplémentaires, on a découvert un très joli lac aux eaux transparentes sans personne en vue.

La clim du camping-car d'oncle Gary ne fonctionnait pas, et tout le monde avait hâte de se rafraîchir. Alors on a tous enfilé nos maillots et piqué une tête dans le lac.

Il m'a fallu une seconde pour m'apercevoir que quelque chose CLOCHAIT. J'ai remarqué qu'un bon million d'objets scintillants flottaient juste sous la surface, et j'ai aussitôt pensé à des piranhas. Les AUTRES ont dû y penser aussi.

J'arrivais presque à la rive quand j'ai senti de toutes petites bouches me MORDILLER.

J'ai cru qu'on me DÉVORAIT tout cru. Et quand j'ai réussi à sortir de l'eau, j'ai été étonné de voir que j'étais encore en un seul morceau.

Ou PRESQUE. J'avais une croûte sur le genou en entrant dans l'eau, mais, en en sortant, elle avait complètement DISPARU.

À ce moment-là, un pick-up s'est arrêté, et les deux types qui étaient dedans avaient l'air FURIEUX.

C'est alors qu'on a compris que le lac dans lequel on s'était baignés était en fait une ALEVINIÈRE À SAUMONS.

Les types paraissaient décidés à appeler les flics pour constater qu'on était entrés sur leur PROPRIÉTÉ, mais on n'a pas voulu traîner pour vérifier. On s'est entassés dans le camping-car et papa a mis pleins gaz.

La prochaine fois que maman cuisinera du poisson pour le dîner, je lirai d'abord l'étiquette pour vérifier sa provenance.

Le plus dingue, c'est que l'élevage de poissons n'a pas été le SEUL endroit dont on s'est fait chasser aujourd'hui. On a voulu garer le camping-car dans une prairie afin de manger dehors en profitant de la vue, mais le pré appartenait à un FERMIER.

On a fini par trouver un champ qui n'avait l'air d'être à personne, et on s'y est arrêtés pour la nuit.

Le couchage n'était pas terrible. La table de cuisine se transformait en LIT et c'est là qu'ont dormi les parents.

L'idée de prendre mon petit déjeuner à l'endroit où mon père avait dormi en sous-vêtements ne m'enchantait pas.

J'ai dû partager avec Rodrick la niche au-dessus de la cabine, ce qui était à peine mieux que le sous-sol de grand-mère.

Le seul qui bénéficiait d'un peu d'intimité était Manu.
Il avait transformé l'un des placards du coin cuisine en
studio et son installation était vraiment COQUETTE.

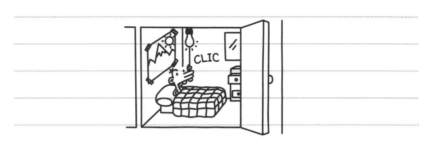

Pendant que les parents faisaient leur toilette avant de
dormir, j'ai découvert un gros défaut du camping-car.
Les parois de la salle d'eau sont fines comme du papier à
cigarette, et on entend TOUT ce qui se passe dedans.
Or, croyez-moi, aucun gosse ne veut entendre sa mère
aux toilettes.

<u>Jeudi</u>

Au bout du compte, l'endroit où on s'est arrêtés pour la nuit s'est avéré être un jardin public. L'entraînement de l'équipe de minimes de baseball a commencé à la première heure et on s'était garés sur le monticule du lanceur.

Heureusement, on a pu démarrer avant qu'un gosse ne nous éclate un phare avec un line-drive.

Maman ne voulait pas recommencer la journée d'hier et elle nous a demandé de réfléchir à une activité qui serait vraiment AMUSANTE. C'est là que j'ai repensé au panneau d'affichage que j'avais repéré la veille.

Il s'agissait d'une pub pour le « Centre Aventure Famille ». En général, je m'enfuis dès que je vois le mot « famille » dans quelque chose. Mais les photos m'avaient convaincu que cet endroit serait DIFFÉRENT.

On a dû faire demi-tour et revenir en arrière pendant deux bonnes heures avant de trouver le centre, mais peu importait puisqu'on n'allait nulle part au départ.

Je dois dire que l'endroit était assez génial. Il y avait des tonnes d'activités et j'avais envie de TOUT faire.

Mais il y avait un âge et une taille minimaux pour chaque activité et Manu n'était assez grand pour aucune de celles qui étaient COOL.

La seule accessible à Manu était la Flotte Rigolote, où on se laissait dériver sur la rivière. Alors maman nous y a tous inscrits.

J'ai supplié maman de nous laisser, Rodrick et moi, faire quelque chose de plus excitant, comme de la varappe, mais maman ne voulait surtout pas renoncer à ses activités en famille.

Elle nous a assuré que la Flotte Rigolote allait être RELAXANTE, et, après avoir loué les bouées, on a sorti la glacière et deux ou trois trucs du camping-car pour aller à la rivière.

ROUL ROUL

Après notre aventure d'hier à l'élevage de saumons, je n'étais pas très chaud pour retourner dans l'eau. Mais comme il y avait déjà des gens sur des bouées, je me suis dit que si la rivière était infestée de piranhas, ils s'attaqueraient d'abord à EUX.

Je dois reconnaître qu'une fois sur l'eau, C'ÉTAIT assez relaxant. Peut-être même un peu trop. Rodrick s'est endormi pendant que papa répondait à ses mails de travail et que maman appelait le pédiatre de Manu.

Comme personne ne faisait attention, on a fini par s'échouer sur une zone peu profonde où on est restés complètement COINCÉS. On a dû sortir les bouées de l'eau et ça n'a pas été une partie de plaisir de marcher pieds nus sur des rochers acérés.

Dès qu'il y a eu assez de fond, on a remis nos bouées à l'eau. Mais la mienne avait dû se percer sur un caillou parce qu'elle se dégonflait. Alors j'ai pris celle de Manu et on a vidé la glace de la glacière pour qu'il puisse monter DEDANS.

Je pensais que la balade prendrait dans les vingt minutes, mais on était déjà partis depuis deux HEURES et on n'en voyait toujours pas le bout. Puis on s'est retrouvés derrière tout un groupe qui bouchait le passage et nous a vraiment ralentis.

Soudain, j'ai senti un courant plus chaud, et j'ai assez fréquenté les pataugeoires pour savoir ce que ÇA signifiait. Aussi, dès que la rivière s'est élargie un peu, j'ai pagayé avec les mains pour me sortir du sillage du groupe.

Malheureusement, je suis allé un peu trop loin et j'ai fini dans un secteur où l'eau était vraiment AGITÉE. Il ne m'a fallu que quelques secondes avant d'être éjecté de ma bouée.

Ça fichait vraiment la TROUILLE. Le courant était fort et je n'avais pas de gilet de sauvetage. Je me suis donc mis les pieds devant pour être sûr de ne pas me fracasser le crâne contre un rocher.

J'ai appelé à l'aide, mais les baigneurs autour de moi passaient de la musique tellement fort qu'ils n'ont même pas remarqué.

Ma famille a bien tenté de me porter secours, mais ils se sont révélés INCAPABLES de gérer l'urgence.

Un peu plus loin, j'ai aperçu des gens qui sortaient leur bouée de la rivière et j'ai essayé de m'orienter vers la plage d'arrivée.

Mais le courant m'emportait trop vite dans l'autre sens. Ma famille est sortie de l'eau, avec papa qui hurlait et me montrait quelque chose près de moi. J'ai fini par repérer la grosse branche en surplomb au-dessus des flots, et je m'y suis accroché.

Pendant une seconde, j'ai cru que j'étais tiré d'affaire.
Et puis j'ai remarqué un truc qui dérivait en s'éloignant
de moi, et je me suis rendu compte que c'était mon
MAILLOT DE BAIN.

La secouriste du centre est venue vers moi, un gilet de
sauvetage à la main. Il me suffisait de rester accroché
à cette branche pour qu'elle me SAUVE.

Mais tout ce qui m'est venu à l'esprit, c'était l'idée que
les gens, sur la plage, allaient me voir sans maillot de
bain. Et Rodrick était déjà en train de tout filmer.

Alors j'ai décidé qu'il valait mieux lâcher prise et tenter ma chance.

Coup de bol, il y avait moins de rochers en aval de la rivière, mais le courant était encore puissant. Lorsque j'ai enfin réussi à me traîner sur la rive, je devais bien être à un demi-kilomètre de la plage d'arrivée. Et je n'ai jamais retrouvé mon maillot... Heureusement, j'ai repêché la glacière.

<u>Vendredi</u>

Hier soir, on est tous tombés d'accord pour dire que notre virée était super mal partie. Malgré tout, on n'arrivait pas à décider de ce qu'on allait faire ENSUITE.

Je trouvais qu'on devait juste admettre que ce voyage était une ERREUR et retourner chez grand-mère. Mais papa a dit qu'on ne pouvait pas faire demi-tour alors qu'on n'avait même pas encore CAMPÉ pour de vrai.

Il a annoncé qu'il y avait une forêt domaniale à quelques heures de route, et que si on campait là-bas, on pourrait y passer le reste des vacances à se la couler douce, pour changer.

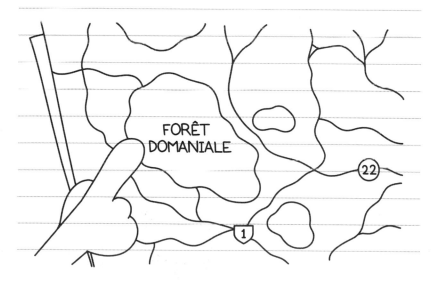

FORÊT
DOMANIALE

22

1

L'idée d'être isolé du monde ne m'emballait pas, mais on savait à quoi ressemblerait le reste de l'été si on retournait maintenant dans le sous-sol de grand-mère.

Je n'étais pas très à l'aise avec l'idée de camper en pleine nature mais papa m'a garanti que s'il y avait le moindre problème, les gardes forestiers pourraient toujours nous aider. Ça m'a un peu rassuré.

On a passé la nuit sur le parking du Centre Aventure Famille, et puis on a levé le camp à la première heure, direction la forêt domaniale.

À l'entrée, un garde forestier nous a prévenus qu'il n'avait pas plu depuis plusieurs semaines et qu'il y avait donc un fort risque d'incendie. Puis il a donné à papa un plan et une brochure sur le camping responsable.

La forêt était très grande ; on a mis un moment à atteindre l'endroit où on devait camper. On n'a pas croisé un seul être humain en chemin.

Le site du campement était vraiment superbe. On avait plein d'espace et on était juste à côté d'un ruisseau. Alors on a installé les sièges et le hamac et on a commencé à se la couler douce en profitant de la nature.

Enfin, c'est ce qu'on a presque tous fait, parce que
maman n'a pas tardé à nous demander quel était le plan,
maintenant, et papa lui a répondu que c'était justement
ça, le plan.

Maman a protesté qu'on ne pouvait pas traîner toute
la journée et qu'on devait trouver des occupations plus
ACTIVES, comme de la randonnée ou ce genre de chose.

Mais ça nous paraissait bien fatigant, surtout après
toute cette route. Du coup, maman a annoncé que si
on ne se bougeait pas un peu, elle enfermerait tous nos
jeux électroniques dans le Coffre-fort jusqu'à la fin du
séjour. Ça a suffi à nous mettre en mouvement.

Elle a sorti la carte et trouvé un sentier à proximité. Puis, avant de partir, elle nous a demandé de remplir nos gourdes et de mettre du répulsif à insectes. Sauf que les OURS m'inquiétaient beaucoup plus que les insectes.

Le vendeur du magasin de camping nous avait dit que si on voyait un ours dans la nature, il fallait faire du bruit pour le faire fuir.

Coup de bol, oncle Gary avait laissé des casseroles sous l'évier du camping-car. Et je n'allais sûrement pas attendre de repérer un ours avant de commencer à faire du bruit.

Mais très vite, tout le monde en a eu marre et maman m'a demandé de rapporter les casseroles au camping-car.

Elle m'a dit que je n'aurais qu'à les rejoindre un peu plus loin sur le sentier. Ça m'allait très bien parce que, mine de rien, ces casseroles pesaient lourd. Et puis je me demandais si, en fin de compte, le bruit ne risquait pas d'ATTIRER les ours car, pour moi, un bruit de casserole est toujours synonyme de REPAS.

J'ai donc rangé les ustensiles dans le camping-car et je suis retourné sur le sentier. Je me disais qu'en pressant le pas, j'aurais rattrapé tout le monde en dix minutes. Mais il y a eu un HIC.

Le sentier formait une fourche, et je ne savais pas de quel côté les autres étaient partis.

Je me suis dit que, de toute façon, j'avais cinquante pour cent de chances de me tromper, et j'ai pris à GAUCHE. Mais comme j'ai marché longtemps sans les trouver, j'ai pensé que j'avais pris le mauvais chemin. Alors je suis retourné à la fourche, et là, je suis tombé sur un NOUVEL os.

Comme j'étais dans l'autre sens, je ne me rappelais plus quel chemin je n'avais pas encore pris, ni lequel ramenait au camping-car. Et impossible de deviner lequel était quoi, vu que toutes les pierres et tous les arbres se RESSEMBLAIENT.

C'est là que j'ai commencé à FLIPPER. Le vendeur du magasin de camping nous avait aussi expliqué que les ours utilisent parfois les sentiers tracés par les hommes parce que ça facilite la marche. Je ne me sentais donc pas très à l'aise au milieu d'un CARREFOUR.

J'ai lu quelque part que l'odorat des ours est mille fois plus développé que celui des humains. Du coup, quand j'ai sorti mon tube de baume à lèvres de ma poche, je me suis retrouvé à la limite de l'évanouissement.

Alors j'ai décidé de quitter le sentier, ce qui s'est révélé une très mauvaise décision parce que je n'avais plus de moyen de REVENIR sur mes pas.

Mes pensées se bousculaient dans ma tête et je me suis demandé ce qui se passerait si j'étais perdu pour de BON.

J'avais lu des histoires d'humains coupés de la civilisation et qui avaient été élevés par des LOUPS. Je ne savais pas s'il y avait des loups dans cette forêt, mais ça grouillait d'ÉCUREUILS.

Heureusement, ma famille est venue me chercher et m'a retrouvé avant que je perde complètement la boule. Une heure ou deux de plus, et ça aurait été le point de non-retour.

De retour au campement, maman a demandé à Rodrick de vérifier que je n'avais pas de tiques, vu que j'étais sorti du sentier, et mon frère a regardé et m'a dit que j'en avais une ÉNORME en plein milieu du dos.

Il a ajouté qu'elle devait être sur moi depuis un bon moment parce qu'elle paraissait près d'ÉCLATER. J'ai failli tomber dans les pommes quand il m'a montré la photo qu'il avait prise avec son téléphone.

En fait, c'était juste une BLAGUE ; Rodrick
avait récupéré la photo sur le Net. Mais, même en
le SACHANT, j'ai continué de sentir un truc dans
mon dos toute la journée.

Maman a décidé qu'on devait tous se laver parce qu'on
n'avait pas pris de douche la veille et qu'on commençait
à puer. Rodrick est passé en premier et il y est
resté au moins une demi-heure. Du coup, quand mon
tour est venu, il ne restait plus d'eau chaude.

Papa a vérifié la bouteille de propane et constaté
qu'elle était vide, ce qui signifiait douches froides
à partir de maintenant. Personne n'a été ravi de
l'apprendre, surtout maman.

Comme les toilettes commençaient vraiment à sentir très MAUVAIS, j'en ai parlé à papa. Il m'a répondu que c'était parce qu'il n'avait pas encore vidé le réservoir à matières.

Pour être franc, je n'avais jamais même pensé à ce que devenaient nos « matières » dans le camping-car.

À la maison, quand on tire la chasse d'eau, tout est expédié comme par magie dans un endroit lointain. Mais dans un camping-car, on trimballe tout ça AVEC soi.

Si j'avais su ça dès le début, je ne suis pas certain que j'aurais accepté d'entreprendre ce voyage.

CHPLOUC

Du coup, j'ai commencé à m'inquiéter de savoir ce qui se passerait si le réservoir DÉBORDAIT. Et dès que quelqu'un semblait avoir envie de faire la grosse commission, j'essayais de le convaincre d'aller faire ça AILLEURS.

Je devrais être reconnaissant de vivre à une époque où on se soucie autant de la PROPRETÉ. Rodrick m'a dit un jour que l'inventeur de la poubelle s'appelait Eugène Poubelle. Je ne sais pas si c'est vrai ou si c'est encore une de ses blagues.

Si c'est vrai, j'espère que ce type est devenu richissime. Parce que je ne voudrais pas qu'on donne MON nom à quoi que ce soit touchant l'hygiène.

Papa a allumé du feu pour faire cuire une sorte de ragoût de boeuf. Il pensait nous servir des haricots en accompagnement, mais Rodrick a laissé la boîte trop près du feu, et ça a été la FIN des haricots.

Après manger, on a bien fermé notre sac-poubelle et on l'a hissé dans un arbre avec une corde, comme nous l'avait conseillé le vendeur du magasin de camping. J'ai pensé que si un ours était assez malin pour le chopper, il mériterait bien de l'avoir.

La nuit tombait déjà et maman a déclaré qu'il était temps d'aller se coucher. Mais papa a assuré que ce qu'il y avait de mieux, dans le camping, c'était de passer la soirée autour d'un feu de camp, sous les étoiles.

Maman a été EMBALLÉE par l'idée, et elle a essayé de nous faire chanter une chanson qu'elle avait apprise en colo quand elle était petite. Mais chanter en chœur n'était pas vraiment notre truc, alors on a juste attendu qu'elle arrive au bout.

Ensuite, papa a apporté des chamallows et on s'est dégotté de longues baguettes en bois.

Pendant qu'on faisait griller nos chamallows au-dessus des flammes, papa a pris un air grave. Il nous a dit que dans sa jeunesse, il était allé camper avec son père, et qu'ils avaient rencontré un vieux garde forestier bourru qui leur avait raconté une histoire complètement dingue.

Le garde forestier leur avait dit qu'il avait eu un beagle qui s'appelait Matilda et le suivait partout. Puis, une nuit, le garde avait fait du feu et il avait vu une étrange créature aux yeux rouges lumineux rôder aux abords de son camp.

Matilda s'était lancée à la poursuite de la créature et le garde l'avait suivie au plus profond des bois. Mais tout ce qu'il avait retrouvé de sa chienne était son collier cassé gisant par terre.

Papa a dit que chaque nuit, ensuite, le garde avait dormi seul dans sa cabane, espérant que Matilda saurait retrouver son chemin. Et lors de nuits pareilles à celle-ci, sous un croissant de lune, il entendait le hurlement d'un beagle venu du fond des bois.

Maman n'était pas très contente que papa nous raconte cette histoire, parce que Manu commençait à flipper. Et, en toute honnêteté, je n'étais pas rassuré non plus.

C'est alors qu'on a entendu un bruit venu du fond des bois qui m'a GLACÉ le sang.

Pendant une fraction de seconde, j'ai cru que c'était le fantôme de Matilda. Et puis je me suis rendu compte que RODRICK avait disparu, et que tout ça n'était qu'une grosse farce montée par papa et lui.

Mais ça s'est révélé CONTRE-PRODUCTIF,
parce que au moment où Rodrick a hurlé, Manu
a SURSAUTÉ, et papa s'est retrouvé avec un
chamallow en feu collé sur le genou.

Je crois que papa était prêt à plonger dans la rivière
mais, heureusement, Rodrick s'est rappelé où était
l'extincteur du camping-car.

Maman s'est lancée dans un sermon pour expliquer à papa pourquoi il ne fallait pas faire peur aux gens, avant d'être interrompue par des bruits dans la forêt. J'ai cru que c'était encore une BLAGUE, mais l'expression de Rodrick et de mon père m'a clairement indiqué que ce n'en était PAS une.

On ne voyait rien, mais ça avait l'air très GROS et ça venait dans notre direction. Alors on s'est précipités dans le camping-car, et on a verrouillé la porte.

Évidemment c'était un OURS. Mais ce n'était pas après nos ordures qu'il en avait, c'était après nos HARICOTS.

Quand l'animal a eu léché tous les haricots projetés sur le camping-car, il en a voulu PLUS. J'aimerais pouvoir dire qu'on est restés zen, mais ce serait mentir.

Papa s'est glissé derrière le volant pour nous SORTIR de là, mais les clés étaient restées près du feu. Et quand l'ours s'est mis à secouer le camping-car, j'ai cru notre DERNIÈRE heure arrivée.

Manu a dû penser la même chose, parce qu'il a réussi à s'extraire par une vitre avant et à grimper sur le TOIT. Et il avait pris le pistolet de détresse AVEC lui.

<u>Samedi</u>

La nuit dernière, l'éclat de la fusée de détresse a fait
fuir l'ours, et quand la garde forestière est arrivée,
on n'avait plus vraiment besoin de SECOURS. À ce
moment-là, notre plus gros problème était la brûlure de
chamallow au genou de papa.

La garde a dit que c'était complètement irresponsable
de notre part d'avoir tiré cette fusée car on aurait
pu déclencher un incendie de forêt. Elle a ajouté qu'on
devrait quitter le parc dès le lendemain matin.

En fait, ça m'allait très bien. On avait survécu une
soirée dans la nature, mais je ne pensais pas qu'on
pourrait tenir une journée de PLUS.

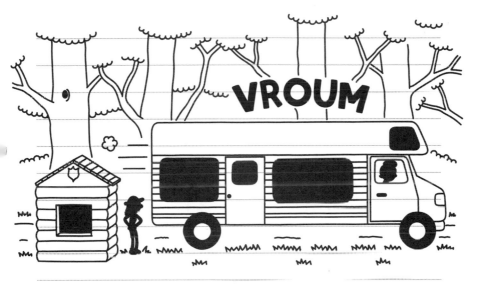

Quand on a quitté le campement, ce matin, j'étais vraiment impatient de retrouver le sous-sol de grand-mère. Là-bas, au moins, j'étais sûr de trouver de l'eau chaude et de ne pas tomber sur un OURS.

Mais ma mère, elle, n'était pas prête à rentrer. À son avis, si notre expérience de camping n'avait pas été une réussite, c'était parce qu'on était trop ISOLÉS. On s'amuserait beaucoup plus si on trouvait un endroit avec d'autres GENS.

Elle avait entendu parler de ces camps pour camping-cars où il y a toutes sortes d'activités à pratiquer en famille et où on trouve tout ce dont on a besoin.

Alors elle a cherché les campings proches sur son téléphone et en a trouvé un qui avait du potentiel.

> # Bienvenue au Paradis
>
> ## L'ÉDEN DU CAMPING-CAR
>
> # CAMPING DE LUXE
>
> **20 hectares de terrain parfaitement entretenu à deux pas de l'autoroute.**
>
> **Équipements pour toutes les bourses !**
>
> **S'AMUSER EN FAMILLE POUR UN PRIX ABORDABLE !**
>
> **JETEZ UN ŒIL SUR NOTRE PISCINE !**
>
> # NOS AMIS À QUATRE PATTES BIENVENUS !

J'ai tout de suite été séduit par le mot « luxe ». Après avoir goûté au camping « authentique », je me sentais prêt pour quelque chose d'un peu plus HAUT DE GAMME.

Grâce à mes cours de catéchisme, je savais que Éden signifie Paradis, ce qui était plein de promesses.

D'après mes souvenirs, Adam et Ève ont été chassés du jardin d'Éden parce que l'un des deux avait cédé à la tentation de croquer une pomme d'un arbre interdit.

Pour MA part, je n'aurais jamais renoncé au paradis pour un malheureux fruit. Il aurait fallu me proposer quelque chose de vraiment BON, genre un CHURRO.

On a mis presque toute la journée pour arriver à l'Éden du camping-car. Mais une fois qu'on a franchi le pont et découvert l'endroit, j'ai compris pourquoi ils l'avaient baptisé comme ça.

On s'est arrêtés devant le pavillon d'accueil, où une dame nous a énuméré tous les trucs géniaux qu'il y avait sur le site, comme la salle de jeux, la piscine, la piste de lancer de fers à cheval ou le lac avec des canoës et des kayaks.

Il y avait aussi des douches, ce qui a mis ma MÈRE particulièrement en joie.

Moi, ce qui m'a plu, c'est que chaque emplacement avait son propre raccordement aux égouts. Notre camping-car commençait à sentir comme la singerie d'un zoo et j'avais vraiment hâte que le réservoir soit vidé.

Maman a précisé qu'on aimerait avoir un emplacement avec vue sur le lac. Mais la dame de la réception a répondu qu'il fallait réserver ces places-là TRÈS longtemps à l'avance et qu'il ne restait plus que des places dans le secteur économique.

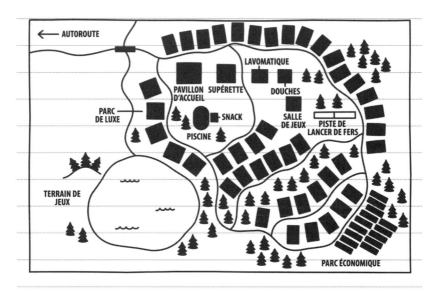

Maman ne pensait visiblement qu'à une douche bien chaude et elle a dit qu'on prendrait ce qui RESTAIT. On a donc payé pour la semaine et on a descendu la côte vers notre emplacement.

Plus on descendait et plus les emplacements étaient réduits. Et quand on a fini par repérer notre carré de béton, papa a eu du mal à y faire entrer le camping-car.

Une fois le camping-car garé, maman a commencé à sortir les chaises pliantes pendant que papa essayait de comprendre comment vider la cassette des toilettes. Je préférais me trouver le plus loin possible quand débuterait CETTE opération et j'ai prévenu papa et maman que j'allais explorer les lieux.

Je voulais jeter un œil sur la salle de jeux et j'ai donc commencé par là. Il y avait bien quelques jeux d'arcade, mais rien qui me tente vraiment.

Il y avait aussi une table de billard, mais d'après ce que j'ai vu, les joueurs ne disposaient pas de vraies BOULES.

Ensuite, je suis passé par la piscine, et là encore, ça a été une cruelle déception. Elle était remplie de petits et leurs parents ne les surveillaient même pas.

Maintenant, les gamins portent des espèces de gilets flottants. Ils n'ont même plus besoin d'apprendre à nager. À mon époque, on apprenait à la DURE.

Certains petits dérivaient vers le grand bain, ce qui posait problème vu que des grands faisaient la bombe depuis le grand plongeoir.

Comme il n'y avait pas de maître-nageur, chacun faisait plus ou moins ce qu'il VOULAIT.

La piscine ne me paraissait pas assez sûre, alors j'ai décidé d'aller me détendre dans le jacuzzi. C'est là que j'ai découvert qu'ici, on ne plaisantait pas avec cette histoire d'« amis à quatre pattes bienvenus ».

À côté de la piscine, il y avait un snack. La laverie automatique et les douches se trouvaient tout près.

Je voulais traîner encore un peu avant de retourner au camping-car, au cas où papa n'aurait pas fini de vider la cassette des toilettes. Du coup, j'ai exploré le reste du campement pour voir à quoi ça ressemblait.

L'endroit le plus cool était le parc de luxe, avec sa vue sur la rivière. Là, les résidents avaient des antennes satellites, des barbecues chics et de la vraie PELOUSE, qu'ils bichonnaient.

Mais ça ne plaisait pas beaucoup aux clients du parc de luxe de voir des types de la classe éco rôder autour de chez eux, alors je n'ai pas traîné longtemps.

Les emplacements situés un peu plus bas sur la colline n'étaient pas aussi beaux, mais chaque rangée formait comme un petit quartier en soi.

L'une des rangées était occupée par des personnes âgées, alors j'imagine que c'était le coin des retraités. Plus bas, on trouvait des familles avec de jeunes enfants.

Certaines rangées avaient visiblement des THÈMES, et les gens s'étaient lâchés sur la déco.

On trouvait aussi des micro-camping-cars et j'ai été soulagé qu'oncle Gary ne nous ait pas laissé ÇA.

Il y avait même des clients qui n'avaient même pas de camping-car DU TOUT. L'un des emplacements semblait abriter toute une bande de motards et j'étais soulagé de ne pas séjourner à côté de CES types-là.

Mais ça aurait été encore pire si on nous avait placés dans la rangée des amis à quatre pattes, car c'était vraiment le CIRQUE.

J'ai tout de suite su que je revenais dans la zone
éco parce que les camping-cars y étaient presque
à TOUCHE-TOUCHE et que les gens devaient
exploiter la moindre parcelle de leur espace.

Quand je suis arrivé à notre emplacement, papa était
en train de préparer des hot-dogs sur le gril. J'aurais
voulu lui demander s'il s'était lavé les mains après avoir
vidé les matières, mais je n'ai pas voulu l'embêter.

Maman essayait déjà de lier connaissance avec nos voisins de gauche, mais ils paraissaient du genre réservé.

Une fois les hot-dogs cuits, on s'est assis autour de la table de pique-nique. Sauf que les voisins de droite jouaient au lancer de poches sur le toit de leur camping-car, et il y en a un qui a mal visé.

Pendant qu'on nettoyait, j'ai confié aux parents que venir ici avait peut-être été une ERREUR. Maman m'a répondu qu'il était parfois difficile de s'habituer à un nouvel endroit et que je devais encore me montrer un peu patient.

Puis elle m'a rappelé qu'on n'était même pas encore allés voir le lac, qui était sans doute ce qu'il y avait de mieux. J'allais dire quelque chose quand un bruit venu du pavillon d'accueil m'a interrompu.

On aurait dit une sirène de raid aérien, comme dans les films de guerre lorsque les bombardiers des ennemis approchent.

Nos voisins semblaient inquiets, eux aussi, et ils ont rassemblé leurs affaires pour pouvoir les rentrer dans leur camping-car.

Quand papa a demandé au voisin ce que signifiait cette sirène, le type lui a répondu que ça annonçait l'arrivée d'une moufette dans le camp et qu'il fallait vite s'enfermer.

Ça a suffi à NOUS faire bouger. On a bien refermé la porte et attendu en guettant par la fenêtre. Et au bout de quelques minutes, évidemment, une moufette est arrivée et a flairé nos affaires.

Elle est montée sur la table du pique-nique et s'est mise à dévorer nos hot-dogs sans qu'on puisse rien faire d'autre que REGARDER.

Dès qu'elle a eu terminé de manger, la moufette est PARTIE. Et puis la sirène s'est arrêtée et tout le monde est ressorti. Mais même si la moufette n'était PLUS là, ça puait HORRIBLEMENT.

Papa a expliqué que si ça sentait aussi mauvais, c'était parce que les glandes de la moufette contiennent une substance chimique que les humains peuvent sentir à plus d'un kilomètre. Il a ajouté que si on s'était fait ASPERGER par la moufette, ça aurait été mille fois PIRE.

Le mieux à faire, d'après lui, quand on tombait sur une moufette, c'était de reculer lentement, vu que cet animal ne vous asperge que s'il se sent acculé ou menacé.

Il a précisé que la moufette était prête à attaquer quand elle se mettait sur ses pattes de devant et tortillait le derrière. Mais alors, c'était déjà trop tard.

Rodrik a prétendu qu'en plus de sentir mauvais, les jets de moufette étaient aussi INFLAMMABLES. Je ne sais pas si c'est vrai ou si c'était juste un de ses mensonges. N'empêche que si C'EST vrai, quand les moufettes découvriront comment craquer une allumette, les humains auront un GROS problème.

Quand Dieu a créé les animaux, il leur a donné tout un tas de trucs cool pour se défendre : des carapaces, des serres, des griffes et tout ça.

Mais au moment de créer les HOMMES, il s'est sans doute retrouvé à court de BONNES idées.

Dieu a sûrement voulu compenser en nous donnant un gros CERVEAU. Si ça n'avait tenu qu'à moi, j'aurais sans doute choisi les PIQUANTS.

Je me suis dit que si un truc aussi petit qu'une moufette pouvait faire fuir les prédateurs rien qu'en sentant mauvais, ça marcherait peut-être pour MOI. J'ai donc décidé de ne plus me laver jusqu'à la fin du lycée.

Je n'aurais pas dû parler de mon plan à ma MÈRE, car ça lui a rappelé que j'avais zappé la douche d'aujourd'hui. Du coup, elle veut que j'en prenne une demain matin à la première heure.

Heureusement, il nous restait quelques hot-dogs dans le camping-car et papa les a fait cuire sur le gril. Mais je n'arrêtais pas de penser à cette moufette. J'étais donc déjà un peu sur les nerfs quand, tout à coup, on s'est fait ASPERGER.

En fait, ce n'était pas une MOUFETTE qui nous avait arrosés, mais une de nos VOISINES. Il semble que l'extinction des feux se fasse à 21 h, ici, et visiblement, les campeurs ne plaisantent pas avec ça.

On est donc allés se coucher, mais je n'ai pas vraiment DORMI. Comme je l'ai déjà dit, les camping-cars étaient presque à TOUCHE-TOUCHE, ici.

<u>Dimanche</u>

On a découvert que le camp tout entier se couchait et se levait tôt. On n'a même pas eu besoin de réveil, car nos voisins nous ont fait savoir qu'il était temps de sortir du lit.

Vous n'allez pas me croire, mais, un peu plus loin, un type faisait de la SCULPTURE SUR BOIS sur son emplacement. J'aurais voulu lui donner mon avis sur la question, mais quand j'ai vu sa tronçonneuse, j'ai laissé couler. Pour cette fois.

À peine levé, papa a entrepris de faire cuire des œufs et des crêpes sur le gril. Maman revenait tout juste des douches et elle m'a expliqué comment ça fonctionnait.

Il fallait mettre des pièces pour avoir de l'eau et elle m'a demandé de m'arrêter au lavomatique sur le chemin du retour pour retirer notre linge de la machine et le transférer dans un séchoir.

L'idée de prendre ma douche dans un bâtiment public ne me tentait pas du tout. Quand on vit en famille, la salle de bains est le seul endroit où on peut avoir un peu d'INTIMITÉ. Quand j'y suis, je me retrouve dans mon petit monde à moi.

Une fois la porte verrouillée, je peux faire tout ce que je VEUX.

Il m'arrive cependant de me retrouver en MAUVAISE posture dans la salle de bains. Un jour, j'ai même failli me casser les côtes en faisant Spiderman sous la douche.

Quand je suis arrivé aux douches, la queue faisait déjà le tour du bâtiment. Et j'ai eu le temps d'examiner mes voisins de camping beaucoup plus attentivement que je ne l'aurais VOULU.

Je m'imaginais que la file d'attente se diviserait en deux à l'entrée, les mecs d'un côté et les filles de l'autre. Or, cet endroit ne connaissait pas ce genre de frontière.

J'ai compris que si l'attente était aussi longue, c'était parce qu'il n'y avait que trois cabines de douche. Quand mon tour est arrivé, j'ai mis une pièce dans la fente à l'extérieur de la cabine, et l'eau s'est mise à couler.

C'était trop BON de prendre une douche chaude, surtout après plusieurs jours d'eau froide.

Sauf que je n'ai pas pu en profiter pleinement car les cabines ne montaient pas assez haut.

J'ai fermé les yeux en essayant de faire comme si j'étais seul. Mais ce n'était pas facile parce que ma voisine était plutôt CAUSANTE.

J'ai décidé d'accélérer le mouvement pour sortir de là vite fait. Mais la douche s'est arrêtée avant que je puisse me rincer la tête.

En fait, ma pièce ne me donnait droit qu'à trois minutes d'eau chaude. J'ai essayé de donner une autre pièce à mettre dans le compteur à la personne qui attendait juste après moi, mais impossible d'attirer son attention.

Du coup, je suis sorti de la douche pour insérer MOI-MÊME la pièce. Mais j'imagine que c'était justement l'opportunité que le type ATTENDAIT.

Et ce qui craignait VRAIMENT, c'est qu'il a utilisé
MON shampoing.

Je n'avais pas envie de me fritter avec un mec à poil,
alors je suis PARTI. Seulement, j'avais de la mousse
plein les yeux et je voyais à peine où j'allais.

Coup de bol, j'ai réussi à atteindre le lavomatique, où il y avait un évier. Et là, l'eau était GRATUITE.

Une fois ma tête rincée et débarrassée du shampoing, j'ai cherché nos affaires. Mais quelqu'un les avait déjà sorties de la machine et laissées en tas par terre pour mettre SES affaires dedans.

J'ai fourré notre linge dans un séchoir et je suis resté près des machines pour découvrir qui avait fichu nos affaires par terre quand la personne viendrait récupérer les SIENNES.

Mais quand j'ai vu QUI c'était, j'ai décidé de laisser couler une fois encore.

Je suis rentré au camping-car avec une seule envie : me remettre au lit. Sauf que ma mère a décrété qu'on allait tous au lac et que je devais me mettre en maillot de bain.

Je lui ai rappelé que je n'en avais plus en espérant qu'elle me laisserait tranquille. Elle m'a dit que Rodrick en avait un de RECHANGE et, même si ça ne m'enchantait pas d'enfiler le maillot de quelqu'un d'autre, j'ai compris que ça ne servait à rien de discuter.

Je pensais que si on barbotait dans le lac quelques minutes en faisant semblant de s'amuser, maman serait satisfaite et nous laisserait rentrer au camping-car. C'était sans compter qu'elle prendrait son appareil photo, ce qui complique toujours les choses.

Cet été, maman a passé beaucoup de temps sur les réseaux sociaux. Et ça la rend JALOUSE de voir à quel point ses amies ont des familles parfaites.

Alors elle veut toujours prendre des photos qui donnent l'impression qu'on s'amuse beaucoup, nous aussi. Seulement, il doit y avoir quelque chose qui cloche dans cette famille, parce qu'on n'arrive jamais à faire des trucs ensemble.

Le lac paraissait calme et paisible vu du pont, à notre
arrivée. Mais aujourd'hui, c'était une autre histoire.

Je m'attendais à une eau limpide comme celle de
l'alevinière à saumons, mais j'ai trouvé celle-ci
franchement SALE. C'est sans doute parce que les
gens ne se contentaient pas de NAGER dedans.

Si j'avais eu le sentiment que les gens faisaient n'importe quoi à la PISCINE, au lac, on atteignait un autre NIVEAU.

Il y avait une corde attachée à un gros arbre pour se jeter, genre Tarzan, au milieu de l'eau. Il faudrait qu'il PLEUVE pendant plusieurs jours avant que j'envisage de me servir de ce truc.

Il y avait des radeaux qui flottaient au milieu du lac et j'ai voulu en choper un. J'ai changé d'avis en voyant comment les gens les utilisaient.

Il y avait un tremplin en bas de la colline qui donnait sur le lac. J'ai compris à quoi il servait quand j'ai vu des jeunes se jeter à l'eau dans des pneus de tracteur.

Maman voulait qu'on aille tous nager mais j'étais encore traumatisé par ma dernière expérience dans un lac. Et, de toute façon, je me méfie toujours des eaux troubles.

Un truc bizarre ressortait au milieu du lac et je l'ai montré à papa. Il m'a dit que c'était certainement une branche, bien que ce ne soit pas du tout l'impression que J'AVAIS. Quand on ne voit qu'un petit bout de quelque chose, ça pourrait être N'IMPORTE QUOI.

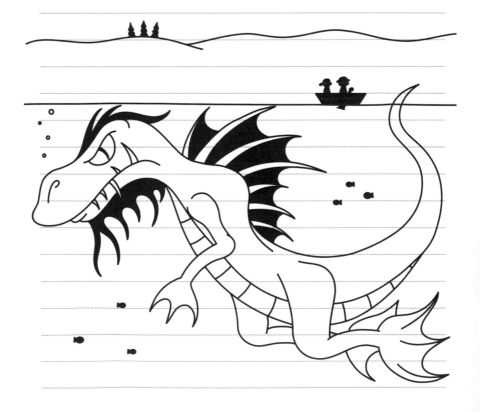

Comme les autres n'avaient pas envie de nager non plus, on a juste posé nos affaires par terre. On a découvert alors que la rive d'un lac n'avait rien à voir avec une PLAGE ; quelques secondes plus tard, on s'enfonçait dans la vase.

Maman nous a prévenus qu'on ne rentrerait pas au campement avant d'avoir fait quelque chose de SYMPA. Il y avait un canoë attaché à la rive et elle nous a incités à faire un tour sur l'eau. Tant que je pouvais rester sur l'eau et ne pas entrer DEDANS, ça m'allait.

On est montés dans le canoë les uns après les autres, ce qui s'est révélé moins facile que prévu.

Je suis resté baissé, comme papa me l'avait conseillé.
Rodrick, lui, ne l'a pas fait, et on a failli chavirer alors
qu'on était encore amarrés au ponton.

Une fois tous installés, on a mis nos gilets de sauvetage
et pagayé vers le milieu du lac. Curieusement, les nageurs
avaient l'air pressés de s'ÉCARTER de nous.

On a vite compris POURQUOI. Dès qu'on est arrivés au milieu, un GROS truc s'est écrasé juste à côté du canoë. Une seconde plus tard, une AUTRE bombe nous a éclaboussés.

SPLOUUCH

Sur la colline, une bande d'ados utilisaient un hamac en guise de LANCE-PIERRE géant, et on leur servait de CIBLE d'entraînement.

J'imagine que ça expliquait pourquoi personne n'utilisait le canoë. On a tenté de faire demi-tour en pagayant, mais les types de la colline s'amélioraient à chaque nouveau tir.

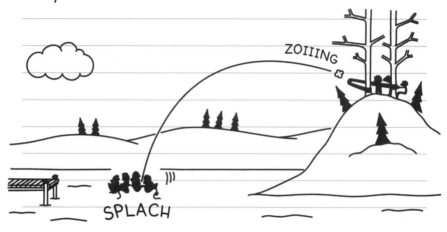

Comme Rodrick n'avait vraiment pas envie d'être touché, il a quitté le navire. Ça NOUS a posé problème car on s'est retrouvés complètement déséquilibrés.

Notre canoë a chaviré, et papa et moi avons fini DESSOUS. Au début, j'ai cru que c'était une BONNE chose, vu que ça nous protégeait des pastèques.

Mais j'ai changé d'avis au premier choc : on avait l'impression d'être à l'intérieur d'un TAMBOUR.

Papa et moi, on a abandonné le canoë pour nager vers la rive. Et il n'a pas fallu traîner car les types de la colline s'étaient mis aux ricochets.

On s'est hissés sur le ponton, où on était hors d'atteinte. Maman n'était pas contente parce que son appareil photo était fichu. Moi, ça ne m'a pas dérangé de ne pas être photographié à ce moment-là.

<u>Lundi</u>

Ma mère a dû prendre conscience qu'on passait un peu trop de temps en famille parce que ce matin, elle a annoncé que chacun pourrait faire ce qui lui plaisait. Je prévoyais d'en profiter pour me relaxer, mais elle avait d'AUTRES projets pour moi.

Comme le camp était plein de jeunes de mon âge, elle trouvait que c'était l'occasion parfaite de me faire de nouveaux AMIS.

Je lui ai répondu que je n'étais pas vraiment d'humeur à chercher de la compagnie et que je ne voyais pas l'intérêt de me faire des amis que je ne REVERRAIS jamais.

Maman a répliqué qu'elle avait rencontré certaines de ses meilleures amies en colo quand elle avait MON âge.

Je lui ai expliqué que ça ne se passait PLUS comme quand elle était jeune et qu'il était beaucoup plus difficile de se lier avec des inconnus. Alors elle a dit qu'elle m'aiderait.

J'espérais qu'elle laisserait tomber, mais dix minutes plus tard, une bande de mecs avec des cannes à pêche est passée près du camping-car. Avant que je puisse l'arrêter, maman s'est lancée.

Coup de bol, ces types ne m'ont pas dérouillé à la seconde où maman s'est éloignée. Ils m'ont dit qu'ils allaient pêcher et que je pouvais venir si je voulais.

Je ne suis pas très fan de pêche, mais je me suis dit que j'allais y aller pour faire plaisir à ma mère.

J'avais déjà vu certains de ces types à la piscine, la veille, et j'ai saisi leurs noms tandis qu'on descendait à la rivière.

Tout le monde appelait le plus petit Briquette et c'était visiblement le chef. Celui qui portait une chambre à air en guise de ceinture était Big Marcus, et je n'aurais su déterminer s'il gardait ce truc pour rire ou parce qu'il ne pouvait pas l'ÔTER.

Le grand maigre était surnommé Vermine et celui qui avait la tête rasée se faisait appeler Popo. Je ne voudrais pas me montrer désagréable ni rien, mais ce type méritait son surnom.

D'autres mecs nous ont rejoints et EUX aussi avaient tous des surnoms. C'était sûrement l'usage, par ici.

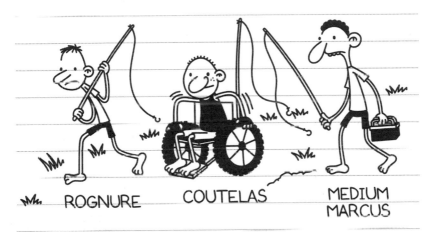

ROGNURE   COUTELAS   MEDIUM MARCUS

Briquette m'a demandé MON nom et je me suis dit que puisque tout le monde prenait un pseudo, je n'avais qu'à faire pareil.

JIMMY SQUALE

La rivière n'était vraiment pas profonde à cet endroit. Je ne voyais pas comment on pourrait attraper le moindre poisson. Puis j'ai découvert que si ces types venaient ici, ce n'était pas pour pêcher, mais pour PARLER. Et ils se disputaient à propos de TOUT.

Le premier sujet a été de savoir quel super-héros gagnerait dans une bagarre, puis la question a été de décider quel était le meilleur super-pouvoir. Curieusement, ça s'est transformé en un débat pour savoir contre quel genre d'animal on préférerait combattre si on était condamnés à mort.

Ils se sont lancés ensuite dans une discussion pour savoir s'il valait mieux combattre une personne humaine avec une tête de requin ou un requin avec une tête humaine. Là-dessus, les avis étaient partagés.

Le ton est monté, et c'est devenu très PHYSIQUE. Je n'avais pas envie de prendre un coup, alors j'ai essayé de rester à l'écart.

Puis ça s'est ARRÊTÉ subitement, et tout le monde
a fait comme si rien ne s'était passé.

Je commençais à me sentir un peu nerveux au milieu
d'une bande de types qui imposaient leur avis à coups
de POING, et je leur ai dit que je devrais peut-être
rentrer. Mais Briquette a décrété que comme j'étais
nouveau ici, il leur revenait de me mettre au parfum.
Je suis donc resté, surtout parce que je ne voulais
pas que Popo me fasse une clé de cou.

Ces types venaient ici depuis des années et ils
connaissaient absolument tous les plans. Ils
savaient comment obtenir un sachet de bretzels
gratos au distributeur de la salle de jeux, l'heure
exacte de la livraison à la supérette du camp, et où
il fallait se trouver quand on jetait les beignets
invendus du jour.

En plus, ils savaient où séjournaient toutes les jolies filles du camp, et où chacune prenait son déjeuner.

Et c'étaient les rois de la farce. Vermine a trouvé par terre une bouteille de shampoing à moitié pleine, et ça a donné une IDÉE à Briquette. Il nous a emmenés derrière le bâtiment des douches, juste sous une lucarne au-dessus des cabines.

Quand le gars près de la fenêtre a eu fini de se rincer la tête, Briquette lui a versé une nouvelle giclée de shampoing sur le crâne.

Le gars a fait mousser DE NOUVEAU ses cheveux et, dès qu'il a eu fini de les rincer, Briquette l'attendait avec une autre giclée. Après deux ou trois tours comme ça, le gars a commencé à péter un PLOMB.

Mais quand Coutelas a rigolé, on a tous été pris en FLAGRANT DÉLIT. Et par le type auquel il ne fallait surtout PAS chercher des noises.

Heureusement, Briquette et sa bande connaissaient aussi toutes les bonnes cachettes du camp. On s'est planqués derrière le snack jusqu'à ce que la voie soit libre.

Je n'avais jamais fait partie d'une bande, avant, et je commençais à M'AMUSER.

Les types avaient envie de descendre dans le pré à côté du lac pour faire une partie de quelque chose. Je croyais qu'ils voulaient jouer au foot ou à chat glacé, alors je les ai suivis.

Mais ils avaient une façon BIEN À EUX de s'amuser.

Et la plupart de leurs jeux consistaient à viser quelqu'un avec une balle ou à le plaquer au sol, voire les deux en même temps.

À la fin, on a joué à un jeu qui s'appelle Red Rover et où les participants forment une chaîne humaine pour empêcher un joueur de passer. Mais Big Marcus était invincible, alors on a abandonné.

Tout le monde semblait prêt à en rester là pour la journée quand quelque chose est tombé du ciel.

C'étaient les ados de la colline qui nous balançaient des pastèques avec leur hamac. On a couru se mettre à l'abri dans le hangar où sont rangés les kayaks. C'est là que Briquette m'a expliqué ce qui se passait.

À chaque fois que sa bande et lui jouaient dans ce champ, les ados les bombardaient de pastèques. J'aurais vraiment préféré qu'on me mette au courant AVANT que j'accepte de venir.

Puis Briquette a ajouté qu'aujourd'hui, sa propre bande était prête à contre-attaquer.

Ils avaient dissimulé des pistolets à eau dans un des kayaks, et, le moins qu'on puisse dire, c'est qu'ils avaient une sacrée puissance de tir planquée là. Chacun a choisi une arme, mais comme j'étais nouveau, je suis passé en DERNIER.

Ça ne me tentait pas vraiment d'aller me battre contre une bande d'ados, alors j'ai dit aux autres qu'il fallait absolument que je rejoigne ma famille.

Mais Briquette a déclaré que je faisais partie de la BANDE, maintenant, et qu'on devait se battre tous ENSEMBLE. J'aurais probablement dû partir quand même, mais je n'ai pas voulu les laisser tomber.

On s'est rassemblés autour de Briquette, qui nous a dévoilé son plan. Il a expliqué qu'il nous fallait un volontaire pour servir d'appât sur le lac pendant que les autres s'approcheraient discrètement des ados par-derrière.

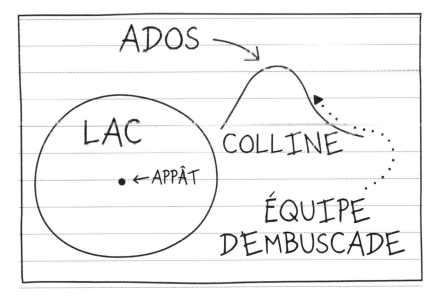

Personne ne se portait volontaire, alors on a voté et c'est Big Marcus qui a été désigné. Et la bonne nouvelle, c'est que j'ai récupéré son pistolet à eau.

Big Marcus a barboté jusqu'au milieu du lac, et, comme prévu, les ados ont ouvert le feu dès qu'ils l'ont aperçu.

C'est alors qu'on s'est LANCÉS.

On a donné tout ce qu'on avait, et quand nos pistolets à eau ont été vides, les ados étaient complètement TREMPÉS.

Pourtant, j'ai regretté que Briquette n'ait pas davantage réfléchi à l'étape SUIVANTE de son plan, parce qu'on avait rendu les ados FURIEUX.

Ils nous ont pourchassés au-delà du pavillon d'accueil, jusqu'au lavomatique. J'étais persuadé qu'ils allaient nous choper quand Big Marcus nous a rejoints PILE au bon moment.

Ça nous a donné un peu de TEMPS, qu'on a utilisé pour recharger nos pistolets à eau aux robinets à soda du snack.

Coutelas a attrapé quelques flacons de ketchup et de
moutarde qui pouvaient servir de munitions. Au moment
où les ados sont arrivés, on était fin PRÊTS.

Je ne sais pas si c'était grâce au ketchup ou au soda,
mais, quelques secondes plus tard, le snack grouillait
d'ABEILLES.

On a couru à la cachette qu'on avait déjà utilisée plus tôt, et on a pris une minute pour reprendre notre souffle.

On avait tous envie de fêter ça, sauf Briquette qui paraissait INQUIET. Il a dit que les ados n'allaient pas manquer de nous chercher, et que le directeur du camp serait furieux qu'on ait mis le snack dans cet état.

Coutelas a proposé qu'on fasse un PACTE : si l'un de nous se faisait prendre, il ne balancerait jamais les autres. Tout le monde a semblé apprécier l'idée.

Ça s'est compliqué quand on a commencé à parler de ce qu'on risquait si on ROMPAIT le pacte. Chacun avait un avis différent sur la question.

Big Marcus a suggéré qu'on subisse le Supplice de la Frite, qui m'a paru assez EFFRAYANT.

Medium Marcus a proposé que si l'un de nous balançait un de ses potes, il devrait porter son slip sur sa tête pendant une journée entière.

Certains voulaient pousser le bouchon encore plus LOIN. Pour Rognure, le mouchard devrait porter le slip de SON PÈRE sur sa tête et passer devant les campements des plus jolies filles à l'heure du repas.

Ensuite, les gars se sont disputés pour savoir si le slip devait être propre ou sale, et ils en sont venus à nouveau aux mains. Sauf que cette fois, j'étais content parce que ça m'a donné l'occasion de m'éclipser.

<u>Mardi</u>

Dieu merci, aujourd'hui, ma mère n'avait rien prévu de grandiose. Parce qu'avec tout ce qui s'était passé hier, je n'avais qu'une envie : me reposer jusqu'à la fin du séjour.

Maman est allée à la supérette du camp pour acheter de quoi manger et quand elle est revenue, elle était tout excitée à cause d'un flyer qu'elle avait trouvé au pavillon d'accueil.

UN BUFFET ! DES JEUX ! DE LA MUSIQUE !

RIRES EN FAMILLE ASSURÉS !

Personne d'autre n'était emballé par la perspective de
cette soirée mais maman a affirmé que ce serait l'occasion
de redonner du peps à notre virée.

On savait tous que quand maman a une idée en tête, il
est impossible de la convaincre d'y renoncer. Et comme il
faisait vraiment lourd et chaud, je me suis dit qu'un peu
de fraîcheur me ferait du bien.

Maman avait oublié d'acheter des ustensiles en plastique
à la supérette et elle m'a filé un peu de blé pour y
retourner. Comme j'avais peur de me faire repérer par
un des ados, je ne voulais pas traîner.

Pourtant, je me suis arrêté quand Medium Marcus m'a
appelé depuis l'endroit où on s'était cachés la veille.

Medium Marcus m'a raconté que ce matin, des affichettes étaient apparues un peu partout dans le camping. Il en avait récupéré une au lavomatique.

J'ai compris tout de suite que c'était un PIÈGE. J'ai dit à Medium Marcus que ceux qui dirigeaient cet endroit cherchaient juste à mettre la main sur les gosses qui avaient saccagé le snack, et qu'ils utilisaient la glace comme appât. Je lui ai recommandé de ne pas se laisser avoir et de prévenir les AUTRES.

Mais il m'a répondu que c'était déjà trop TARD. À la première affichette posée, Briquette et les autres avaient foncé au pavillon d'accueil avec leurs pistolets à eau.

Medium Marcus a ajouté qu'il se trouverait AVEC eux s'il n'avait pas dû retourner à son camping-car prendre son pistolet à eau. Le temps qu'il arrive à l'accueil, la porte était déjà FERMÉE.

Il est donc monté sur une poubelle de tri pour regarder par la fenêtre. Et ce qu'il a vu n'était pas joli-joli.

Il s'est avéré qu'il n'y avait pas de glace du TOUT. Le directeur du camping a dit aux garçons qu'ils devraient frotter chaque centimètre carré du snack dès demain matin, et qu'ils devraient le faire avec des BROSSES À DENT.

Ça n'a pas dû plaire à Briquette, qui a assuré au directeur du camping que tout cela n'était qu'un gros MALENTENDU.

Il a raconté que ses potes et lui avaient été
embringués dans la bagarre et que le gars qui avait
commencé était toujours en liberté. Et quand le
directeur lui a demandé le nom de ce « meneur »,
Briquette a sacrifié le nouveau.

J'imagine que le directeur n'a pas été convaincu. Parce
que après avoir laissé partir les autres, il a obligé
Briquette à faire du porte-à-porte avec lui afin de
trouver ce Jimmy Squale.

Je ne voulais surtout pas être là au moment où
ils se pointeraient à MON camping-car. Du coup,
quand je suis rentré à notre emplacement, j'ai
suggéré qu'on mange rapidement pour pouvoir aller
tôt à la soirée piscine.

Je pensais que la piscine serait l'unique endroit où je pourrais être en SÉCURITÉ. Mais une fois là-bas, je me suis aperçu que je me trompais complètement.

On aurait dit que l'association entre nuit et musique forte rendait les gens encore plus dingues. Et ça ne valait pas que pour les gosses, cette fois. C'était aussi le cas pour les adultes.

Une bande de paternels venait de transformer le petit bain en tourbillon géant.

Quelqu'un avait graissé la surface du toboggan et
ceux qui dévalaient ce truc arrivaient dans l'eau à deux
cents kilomètres/heure.

Un film passait sur un écran géant près du grand bain, et celui qui avait choisi ce film aurait peut-être dû opter pour quelque chose d'un peu plus familial.

HIIIIIIIIIIIIIIIIIII !

Maman ne faisait même pas attention à ce qui se passait dans la piscine. Il y avait des tas d'activités organisées sur les pelouses et elle voulait qu'on les fasse TOUTES.

On a essayé une partie d'éclate-ballon famille contre famille, mais on est arrivés derniers car Manu n'était pas assez lourd pour éclater le premier ballon.

Maman a poussé papa à participer au concours de ventres à bière, mais il n'a même pas franchi le premier tour.

Manu, lui, a participé à une compétition de mangeurs de hot-dogs. Je N'IMAGINAIS pas que ce gamin puisse engloutir autant de nourriture.

Rodrick et moi, on a participé à un relais de batte folle où on devait tourner cinq fois très vite autour d'une batte de base-ball puis courir toucher son équipier. On était opposés à deux types qui venaient de participer à la compétition de mangeurs de hot-dogs, et ça a plutôt MAL tourné.

Maman a essayé de me convaincre de l'accompagner à un concours de danse mère-fils, mais je n'aurais pas accepté pour tout l'or du monde.

Je me suis laissé tenter par le concours des mangeurs de tartes, car je pensais pouvoir réellement GAGNER. Mais le concours du plus gros plat se déroulait en même temps, et c'était moi qui étais le plus près de la piscine.

En parlant du concours de plats, les concurrents ont été trop nombreux sur le plongeoir en même temps, et celui-ci n'était pas conçu pour supporter un tel poids.

Une fois les activités festives terminées, maman nous a persuadés de nous mettre tous à l'eau pour une rapide baignade en famille.

La piscine était archi bondée et personne ne nageait vraiment, de toute façon. Les seuls qui avaient l'air de s'amuser étaient ceux qui disposaient de MATELAS PNEUMATIQUES.

Or, ces matelas étaient tous occupés et personne ne semblait vouloir les lâcher.

Puis maman a repéré une chambre à air abandonnée au milieu de la piscine. Elle était si énorme qu'elle devait provenir d'un pneu d'AVION. On s'est tous précipités pour la prendre avant que quelqu'un d'autre s'en empare.

Elle était si haute qu'il était quasiment impossible de monter dessus. Mais l'union fait la force, et on a fini par y arriver.

Dès qu'on a été tous sur la bouée, on a compris pourquoi personne d'autre ne s'y intéressait.

Après qu'on a été éjectés de la bouée, maman en a eu marre de la soirée piscine. Et je me suis senti mal parce qu'elle voulait tellement que cette soirée soit une réussite.

On n'était pas les seuls à quitter la fête, même si plusieurs retardataires arrivaient seulement. Et certains d'entre eux m'ont paru FAMILIERS.

Ma famille est sortie de la piscine, mais moi je n'ai pas bougé. Comme j'ignorais si ces ados me reconnaîtraient ou pas, je préférais ne prendre aucun RISQUE.

Il restait encore pas mal de monde dans le bassin, et ce n'était pas difficile de se cacher. Seulement, quand ces types se sont mis à l'eau, j'ai eu plus de mal à passer inaperçu.

Et la situation est devenue INGÉRABLE quand deux autres gars sont arrivés.

Je savais que le directeur du camping ME cherchait et je n'avais plus qu'une option : PLONGER.

Je suis descendu au fond du grand bain et me suis assis là. Mon intention était de rester IMMOBILE aussi longtemps qu'il le faudrait.

Je commençais à manquer sérieusement d'oxygène quand il s'est produit un truc BIZARRE. Il y a eu un flash de lumière, comme si quelqu'un prenait une photo sous l'eau. Puis tout le monde est sorti vite fait de la piscine.

Dix secondes plus tard, elle était déserte et je me suis retrouvé tout SEUL. C'est alors que je suis remonté à la surface.

La première chose que j'ai remarqué a été la PLUIE
qui tombait vraiment fort. Ensuite, un ÉCLAIR a
déchiré le ciel et j'ai compris pourquoi tout le monde
avait quitté la piscine aussi précipitamment.

Les ados et Briquette avaient tous disparu depuis
longtemps ; ma FAMILLE aussi. Comme je n'avais
pas trop envie de me faire électrocuter, je n'ai pas
traîné non plus.

J'ai délaissé les abords du bassin et foncé vers le
camping-car. Mais, à cause de la nuit et de la pluie,
je ne voyais pas vraiment où j'allais.

Il y a eu un énorme coup de tonnerre. On aurait dit
que la foudre était tombée tout près.

C'est alors que la sirène anti-aérienne s'est déclenchée,
ce qui a rendu les choses encore plus STRESSANTES.

Je me suis rendu compte que si je restais dehors, j'allais finir complètement CRAMÉ. Mais personne n'a voulu me laisser entrer dans aucun camping-car de luxe.

Quand je suis finalement arrivé à NOTRE camping-car, toute ma famille s'y trouvait déjà.

Maman avait cru que j'étais parti devant en voyant l'orage arriver. Elle a dit que c'était un MIRACLE que je m'en sois sorti sain et sauf.

Sincèrement, je le pense aussi.

Cet orage s'était déclenché pile au bon moment, et j'avais presque l'impression que c'était l'œuvre d'une puissance supérieure.

À moins que tout ça ne soit qu'une grosse BLAGUE cosmique.

Parce que s'il y a une chose que j'ai apprise, ce soir, c'est que Dieu a le sens de l'HUMOUR.

<u>Mercredi</u>

Si vous vous demandez ce que ça fait d'être aspergé par une moufette, je suis bien placé pour vous en parler.

On a l'impression de devenir AVEUGLE et les yeux qui brûlent HORRIBLEMENT.

Il faut donc les nettoyer à grande eau - quand on a la chance d'en avoir à proximité.

Une fois qu'on voit mieux, on commence par remarquer L'ODEUR, qui évoque un mélange d'œufs pourris et de cadavres d'animaux en décomposition. Non seulement on la sent, mais on en a aussi plein la BOUCHE. Vous pouvez me croire, le mieux est encore de ne PAS se faire asperger.

Dans un bouquin qu'on avait acheté à la supérette, il y a un chapitre sur ce qu'on doit faire en cas de jet de moufette. Mais ça ne nous a pas été très utile puisque on ne pouvait acheter aucun des ingrédients avant l'ouverture de la supérette.

VOUS VENEZ DE VOUS FAIRE ARROSER

On ne rigole pas avec les jets de moufette.
Si ça vous arrive, voici une recette pour vous débarrasser de l'odeur :

• Versez dans une baignoire 5 litres d'eau oxygénée à 3%, 20 cuillères à soupe de bicarbonate de soude et 10 cuillères à café de liquide vaisselle.
• Trempez-vous, rincez-vous, savonnez-vous et recommencez si nécessaire !

Impossible d'aller se coucher avec cette odeur. On a donc essayé de trouver avec quoi la masquer.

Coup de bol, il restait des sachets de ketchup et de moutarde dans un tiroir et on s'est recouverts de condiments. Manu a dégotté un flacon d'eau de Cologne d'oncle Gary entre deux coussins de la banquette, mais ce truc puait presque autant que le jus de MOUFETTE.

On a tous affreusement mal dormi et ce matin, au réveil, on s'est rendu compte que la puanteur ne venait pas juste de NOUS. Elle avait imprégné tout l'intérieur du camping-car.

Alors on a tout vidé. Et on allait devoir pratiquement tout jeter à la poubelle, surtout nos PROVISIONS.

Ma mère m'a donné de l'argent afin que j'aille acheter les produits pour la recette de désodorisant et un peu d'épicerie. Mais sur le chemin de la superette, j'ai senti que quelque chose CLOCHAIT.

Quand je suis arrivé là-bas, il ne restait plus rien à manger et les rayons étaient pratiquement vides. J'ai eu de la chance de trouver encore un peu d'eau oxygénée et de bicarbonate de soude parce que quelques minutes de plus et ça aurait été dévalisé aussi.

J'ai essayé de demander à quelqu'un ce qui se passait, mais l'odeur du ketchup et de la moutarde ne devait pas couvrir suffisamment celle de la moufette.

Après être passé à la caisse, j'ai quitté la supérette et suis tombé sur Popo, qui n'a même pas eu l'air de REMARQUER que je sentais mauvais.

Il m'a appris que les gens se comportaient bizarrement parce que la nuit dernière, un éclair avait frappé le pont qui donne accès au camping et qu'une partie de sa structure était totalement DÉTRUITE.

Il a précisé que le camion de livraison n'avait plus accès au magasin et que c'était pour ça que les gens avaient tout raflé.

Du coup, c'est moi qui me suis mis à paniquer. Parce que si personne ne pouvait PÉNÉTRER dans le camping, ça voulait dire aussi qu'on ne pouvait plus en SORTIR.

J'ai filé avertir mes parents. Mais quand je suis arrivé, nos voisins, qui s'étaient réveillés, n'appréciaient visiblement pas l'odeur de la moufette.

Une fois à l'intérieur du camping-car, j'ai briefé mes parents sur cette histoire de pont. Maman a dit que le plus important était de ne pas PANIQUER car ça n'arrange jamais rien. Elle a ajouté que pour le moment, on devait rester concentrés et se débarrasser de cette ODEUR.

La recette conseillait de verser le bicarbonate et l'eau oxygénée dans un bain chaud, mais ce n'est pas comme s'il y avait des masses de baignoires au camping. On s'est donc rabattus sur ce qui s'en rapprochait le plus. Et je peux vous dire que les chiens non plus n'aiment pas l'odeur de moufette.

On a dû tremper dans le jacuzzi pendant une bonne heure. Mais le temps qu'on se récure, nous et nos fringues, la situation dans le camping a COMPLÈTEMENT dégénéré.

Ça a commencé avec l'EAU. Quand la supérette s'est trouvée à court de bouteilles, les gens sont allés remplir leurs bidons au robinet situé près de l'accueil.

Seulement, certains ont pris plus d'eau qu'il ne leur en fallait et le puits s'est retrouvé à SEC.

Alors les gens ont récupéré de l'eau là où ils pouvaient en TROUVER.

Les choses ont VRAIMENT tourné au vinaigre quand les pièces ont manqué pour enclencher les douches.

La petite monnaie a soudain valu de l'OR. J'ai même entendu parler d'une femme qui aurait vendu son alliance pour soixante-quinze centimes.

Certains campeurs, énervés de ne pas pouvoir dégotter la moindre pièce, sont allés dévaliser la salle de JEUX.

Ensuite, ils sont passés au lavomatique. Et j'avais hâte de sentir l'odeur dans le camping quand plus personne n'aurait de linge propre à se mettre.

Enfin, quelqu'un a eu la brillante idée de vouloir tirer de l'eau directement au réservoir en plastique situé au-dessus des douches.

Le réservoir est tombé du toit et a dévalé la côte en déversant la moitié de son contenu avant de s'immobiliser sur la piste de lancer de fers à cheval. Là, il a fini de se VIDER sur le sable.

À ce moment-là, les gens ont VRAIMENT pété les plombs et cherché à récupérer tout ce qu'ils pouvaient. Mais la piste s'était transformée en SABLES MOUVANTS, et il a fallu SECOURIR plusieurs imprudents.

Au moment du dîner, les gens ont commencé à avoir faim. Certains avaient des provisions pour plusieurs jours, mais les autres comptaient faire leurs courses à la supérette.

La situation est devenue INCONTRÔLABLE. Un petit groupe a dévalisé le snack, et un type a même volé un sac de croquettes pour chats géant dans le secteur des amis à quatre pattes.

Les animaux ont dû sentir que c'était le chaos et ils se sont rassemblés en MEUTES.

Un de nos voisins a allumé son barbecue pour faire cuire des hamburgers, mais une bande de chiens est entrée en action.

Des campeurs ont mangé les restes de hot-dogs de la soirée piscine et les ados de la colline ont récupéré les vestiges des munitions dont ils avaient bombardé le pré.

Moi, je me sentais plus INQUIET qu'affamé. Dans la panique, les gens font n'importe quoi, et impossible de savoir jusqu'où la situation pouvait dégénérer. Alors je suis resté torse nu afin que tout le monde puisse voir que je n'étais pas bien GRAS.

L'autre sujet qui m'inquiétait était celui de la MÉTÉO. D'après le téléphone de papa, un autre orage devait éclater le soir même. Et c'était bien la dernière chose dont on avait besoin.

 Alerte vigilance rouge

Risque de pluie et d'inondations jusqu'à 9h demain matin.

Maman nous a reproché de DRAMATISER. Quelqu'un viendrait forcément réparer le pont le lendemain matin et tout rentrerait dans l'ordre.

A la tombée de la nuit, pourtant, la situation a encore nettement EMPIRÉ. Et quand l'un des camping-cars de luxe a été renversé par des gens persuadés que ses propriétaires stockaient des boîtes de conserve et des rouleaux de papier toilette, maman a fini par admettre que la situation était GRAVE.

Du coup, on a tous voulu quitter cet endroit, sauf que personne ne voyait comment y arriver. C'est alors que j'ai pensé à la RIVIÈRE.

Je me rappelais qu'il y avait un endroit vraiment peu PROFOND, et j'ai suggéré qu'on y fasse rouler le camping-car pour passer de l'autre côté.

J'étais sûr que tout le monde allait trouver mon idée débile, mais comme on avait appris qu'un camping-car s'était fait renverser à deux portes de chez nous, on était prêts à essayer n'importe quoi.

Comme on ne voulait pas trop attirer l'attention en démarrant le moteur, on a poussé le camping-car hors de son emplacement et jusqu'à la descente. Et, en s'y mettant tous, on a réussi à le faire ROULER.

Le seul problème, c'est qu'on avait oublié de débrancher le raccordement à l'égout, et que ça a provoqué un vrai CARNAGE sur notre emplacement.

Hélas ! il n'y avait plus moyen de revenir en arrière, et dès que le camping-car a eu pris de la vitesse, on est tous montés dedans.

On a dévalé la pente en roue libre jusqu'à l'endroit où le lac se déverse dans la rivière. Et quand on a été assez loin des campeurs, on a pu démarrer le moteur sans risque.

On a roulé tous feux éteints parce qu'on ne voulait pas qu'on nous VOIE. Mais ça n'aidait pas pour trouver le coin de rivière qu'on cherchait.

C'est alors qu'il s'est mis à PLEUVOIR, et à pleuvoir vraiment fort. On a rallumé les phares et j'ai quand même fini par repérer l'endroit où le cours d'eau était peu profond.

Papa a appuyé sur l'accélérateur. On a progressé très lentement et, pendant une minute, on a cru qu'on allait réussir à traverser sans problème.

Au milieu du cours d'eau, cependant, on a entendu un bruit horrible et le camping-car s'est IMMOBILISÉ.

On était coincés sur un énorme rocher, et quelque chose s'est décroché de sous le véhicule. Je ne suis pas un expert en mécanique ni rien, mais, quelle que soit cette chose, ça avait l'air d'être IMPORTANT.

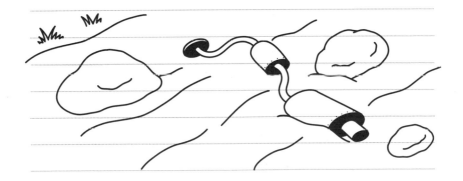

Pourtant, ça a très vite été le CADET de nos soucis. La pluie s'était INTENSIFIÉE, et, tout à coup, le niveau de la rivière a MONTÉ.

L'ouverture du tuyau de raccordement à l'égout s'est retrouvée SOUS L'EAU, et il n'a pas fallu attendre longtemps avant que ça reflue.

La réserve des toilettes a débordé dans le séjour et on a tout fait pour ne pas toucher cette eau. Comme on ne pouvait pas rester à l'intérieur du camping-car dans ces conditions, on a essayé de sortir. Seulement, le courant était si fort que c'était devenu trop DANGEREUX.

Le camping-car se remplissait d'eau et il a fallu qu'on monte encore plus HAUT. Rodrick s'est hissé sur le toit et nous a tous aidés à nous mettre hors d'atteinte.

Mais on était à peine montés sur le toit que le camping-car a commencé à PIVOTER.

La rivière débordait maintenant complètement de son lit, et le véhicule a été arraché au rocher sur lequel il était coincé. Cinq secondes plus tard, le courant nous emportait.

On fonçait droit sur le PONT. Si on restait sur le toit, ce truc allait nous DÉCAPITER.

C'est alors que j'ai vu les coussins des banquettes qui s'étaient échappés par la porte ouverte et flottaient sur l'eau. J'ai sauté en premier, et tous les autres ont suivi le mouvement.

Le seul qui n'a pas sauté a été MANU. Il était retourné à l'intérieur du camping-car et s'était installé derrière le VOLANT.

On a tous complètement paniqué parce que le camping-car était sur le point de s'écraser contre le PONT.

Sauf que, à la dernière minute, Manu a donné un grand coup de volant à gauche et le camping-car s'est mis à VIRER. Et quand il est arrivé au niveau du pont, il s'y est encastré comme une pièce de puzzle.

Et Manu n'en avait pas encore fini. Il a attrapé un truc dans la boîte à gants et, pour la seconde fois durant ce voyage, il a tiré une fusée de détresse.

Malgré la pluie qui tombait toujours aussi fort, le signal a illuminé le ciel. Quelques minutes plus tard, on a vu des phares approcher. J'ai d'abord cru qu'on venait nous SECOURIR. Mais une fois arrivés au pont, les engins qui arrivaient ont tout simplement FONCÉ.

Il a fallu une heure entière pour que tous les véhicules passent de l'autre côté.

Et quand la toute dernière moto a eu franchi le pont, on n'a plus entendu que la pluie.

<u>Samedi</u>

Le camping s'était vidé et il ne RESTAIT plus que nous. Maintenant que tout le monde était parti, on a pu vraiment APPRÉCIER cet endroit. Pour la première fois, il méritait bien son NOM.

Pour que ce camping se transforme en paradis, il suffisait donc que tous les campeurs s'en AILLENT.

Deux jours après l'orage, le camion de livraison est passé approvisionner la supérette. Ce soir-là, on a mangé comme des ROIS.

On avait le lac pour nous tout seuls, et comme l'eau
était propre et profonde, on a vraiment pu s'amuser.

SPLOUTCH

Sans faire dans le sirupeux ni rien, je dois dire qu'on a RÉUSSI à se créer quelques souvenirs heureux pendant notre séjour.

Je voudrais quand même rappeler que j'avais raison, parce qu'il a VRAIMENT fallu un miracle pour y arriver.

Je ne suis cependant pas certain qu'on avait besoin de toutes ces CATASTROPHES pour parvenir à passer du bon temps. Alors, la prochaine fois qu'on organise quelque chose en famille, on pourrait se contenter d'un truc ennuyeux, genre mini-golf.

J'ai hâte de raconter mes vacances à Robert en rentrant. Mais je laisserai sans doute de côté les épisodes les moins fun.

Et je prendrai soin de modifier quelques détails, parce qu'il ne faut jamais laisser la vérité gâcher une bonne histoire.

Remerciements

Merci à tous les fans qui ont permis à mon rêve de devenir illustrateur de se réaliser. Merci à ma femme, Julie, et à toute ma famille, de me soutenir en période de bouclage.

Merci à Charlie Kochman d'avoir été mon partenaire pendant toutes ces années, et pour son engagement à toujours faire de bons livres. Merci à tout le monde chez Abrams : Michael Jacobs, Andrew Smith, Hallie Patterson, Melanie Chang, Kim Lauber, Mary O'Mara, Alison Gervais et Elisa Gonzales. Merci aussi à Susan Van Metre et Steve Roman.

Merci à toute l'équipe du Dégonflé (Shae'Vana !) : Shaelyn Germain, Vanessa Jedrej et Anna Cesary. Merci à Deb Sundin, à Kym Havens et à l'incroyable équipe de la librairie An Unlikely Story.

Merci à Rich Carr et Andrea Lucey pour leur soutien extraordinaire. Merci à Paul Sennott pour ses conseils avisés. Merci à Sylvie Rabineau et Keith Fleer pour tout ce qu'ils ont fait pour moi. Merci à Roland Poindexter, Ralph Millero, Vanessa Morrison et Michael Musgrave pour avoir apporté enthousiasme et fraîcheur à l'univers du Dégonflé.

Et comme toujours, merci à Jess Brallier pour son amitié et son soutien.

À propos de l'auteur

Jeff Kinney fait partie des auteurs numéro 1 sur la liste des best sellers du *New York Times* et a remporté six fois le prix des jeunes lecteurs de la chaîne Nickelodeon. Jeff a figuré sur la liste des 100 personnes les plus Influentes du Monde établie par *Time Magazine*. Il est également le créateur de *Poptropica*, qui figure sur la liste des 50 meilleurs sites web référencés par *Time Magazine*. Il a passé son enfance dans la région de Washington avant de s'installer, en 1995, en Nouvelle-Angleterre. Jeff vit avec sa femme et leurs deux fils dans le Massachusetts, où ils possèdent une librairie, *An Unlikely Story*.